10/11 Décembre 1906

VENTE

Des 10 et 11 Décembre 1906

HOTEL DROUOT, SALLE N° 7

à deux heures

BIJOUX

Ornés de Diamants

Perles et Pierres de couleurs

COMMISSAIRE-PRISEUR

Me PAUL CHEVALLIER

EXPERT

M. LOUIS AUCOC

CATALOGUE

DE

BIJOUX

ORNÉS DE

Diamants, Perles et Pierres de couleurs

BROCHES, BRACELETS
COLLIERS, DIADÈMES, BOUCLES D'OREILLES
BAGUES, ETC.

Appartenant à M ***

ET DONT LA VENTE AURA LIEU A PARIS

HOTEL DROUOT, SALLE N° 7

Les Lundi 10 et Mardi 11 Décembre 1906

à deux heures

COMMISSAIRE-PRISEUR

Me PAUL CHEVALLIER

10, rue Grange-Batetière, 10

EXPERT

M. LOUIS AUCOC

Président de la Chambre syndicale de la Joaillerie

9, rue du 4-Septembre, 9

EXPOSITION PUBLIQUE

Le Dimanche 9 Décembre 1906

DE UNE HEURE ET DEMIE A CINQ HEURES ET DEMIE

CONDITIONS DE LA VENTE

Elle sera faite au comptant.

Les adjudicataires paieront *dix pour cent* en sus des enchères.

L'exposition mettant le public à même de se rendre compte de l'état et de la nature des objets, il ne sera admis aucune réclamation une fois l'adjudication prononcée.

ORDRE DES VACATIONS

Lundi 10 Décembre 1906. . . . . . 1 à 48
Mardi 11 Décembre 1906. . . . . . 49 à 98

Paris. — Imp. Georges Petit, 12, rue Godot-de-Mauroi. — 17222-06.

DÉSIGNATION

1 — Bague or, ornée de deux brillants croisés, corps en brillants.

2 — Paire de boutons de manchettes, quatre perles et chaînette or.

3 — Deux bagues or, ornées chacune d'un brillant, corps en brillants.

4 — Trois bracelets gourmettes, ornés de rubis cabochons et brillants.

5 — Bague or, à trois corps, saphir et brillants.

6 — Grand collier tour de cou, orné de brillants bruns sur or, avec barrettes argent doublé et brillants blancs.

7 — COLLIER à deux rangs, perles et brillants alternés, avec ruban d'attache en brillants, le tout monté sur or.

8 — BAGUE or, ornée de deux brillants croisés, corps en petits brillants.

9 — BROCHE ronde, brillant noir entouré de brillants blancs.

10 — DEUX BOUTONS D'OREILLES, saphir entouré de quatorze brillants.

11 — BRACELET rigide, brillant noir entouré de brillants.

12 — BAGUE or, ornée d'une grosse perle, avec quatre brillants sur le corps.

13 — BROCHE carrée, brillant noir entouré de brillants blancs.

14 — DEUX BOUCLES D'OREILLES, turquoise entourée de vingt brillants.

15 — BROCHE, brillant noir entouré de brillants blancs, avec pampille poire.

16 — COLLIER rivière brillants, ornements brillants.

17 — Cinq broches étoiles, brillants sur or.

18 — Broche orchidée, brillants blancs et brillants fantaisie, sur or et argent.

19 — Broche croissant, brillants blancs et saphirs.

20 — Bague jonc, or mat, ornée d'un brillant.

21 — Bague jonc, or mat, brillant entre deux saphirs.

22 — Autre, ornée d'un brillant jaune.

23 — Bague jonc, or martelé, ornée d'un brillant.

24 — Broche barrette, brillants, saphirs et briolettes.

25 — Broche en forme de chien, brillants et quelques roses.

26 — Broche croissant, argent doublé or, brillants et roses.

27 — Broche barrette or, brillants, rubis et briolettes.

*

28 — Broche-pensée, brillants blancs sur acier et brillants de fantaisie sur or.

29 — Broche de corsage en roses, avec un brillant au milieu d'une fleur.

30 — Branche de corsage, forme feuilles, roses et un brillant.

31 — Branche de corsage, argent doublé or, pavée de roses.

32 — Bracelet souple, composé de motifs carrés en brillants bruns sur or, culots en brillants blancs séparés par sept barrettes perles et rubis.

33 — Bracelet souple, composé de six motifs brillants, avec rubis au centre.

34 — Bracelet souple, composé de quatorze motifs carrés exécutés en brillants blancs, avec brillants de fantaisie au centre de chacun des motifs.

35 — Bracelet sòuple, brillants et rubis cabochons.

36 — Diadème exécuté en brillants, briolettes et rubis, argent doublé.

37 — Diadème, brillants et turquoises, pouvant se monter en broche.

38 — Collier à deux rangs, brillants et briolettes.

39 — Diadème, feuilles en brillants blancs et palmettes, brillants bruns.

40 — Deux broches-clous or, brillants fantaisie.

41 — Bague or, ornée d'un brillant jaune et d'un brillant brun croisés, corps en brillants.

42 — Deux broches en forme de hachettes, brillants et rubis.

43 — Vingt-cinq broches or et petites roses.

44 — Cinq broches variées or et roses.

45 — Quatre montres or.

46 — Montre or à double boîtier, à répétition.

47 — Quatre épingles de cravate or et pierres diverses.

48 — Soixante-deux bagues fantaisie, or et petites pierres. (Ce numéro pourra être divisé.)

49 — Deux broches rondes, brillants, fleurettes et feuilles.

50 — Deux broches-cœurs, brillants, fleurettes pensées.

51 — Deux broches-cœurs, brillants, saphirs et rubis.

52 — Collier en brillants, perle baroque et trois saphirs.

53 — Deux boutons d'oreilles, turquoises entourées de dix brillants.

54 — Broche, ornée de brillants noirs et brillants blancs anciens.

55 — Deux boutons d'oreilles, brillants solitaires.

56 — Broche, ancre marine et hachette, brillant noir et brillants blancs.

57 — Broche-pensée ornée de brillants fantaisie, au centre un rubis.

58 — BRACELET composé de six rectangles en brillants, avec un rubis au centre de chacun d'eux.

59 — BROCHE-CROISSANT, ornée de cinq brillants et de roses.

60 — BAGUE or, diamant noir et perle blanche ; corps en brillants.

61 — BROCHE-PENSÉE, argent, or et brillants de fantaisie.

62 — DEUX PENDANTS D'OREILLES, saphir entouré de quatorze brillants.

63 — BROCHE-NŒUD, cinq coques et deux perles pampilles.

64 — BRACELET or et argent doublé, saphirs et petits brillants.

65 — BAGUE or, rubis entouré de brillants.

66 — BROCHE-CAMÉE, topaze entourée de perles et de roses.

67 — BAGUE or, saphir entouré de brillants.

68 — AUTRE, plus petite.

69 — Bague or, perle rose entourée de brillants.

70 — Bague or, trois brillants et deux saphirs.

71 — Collier à deux rangs, perles et brillants alternés, avec ruban d'attache en brillants, le tout monté sur or.

72 — Diadème orné de brillants et de rubis.

73 — Diadème couronnette, brillants et briolettes.

74 — Deux épingles de cravate, perles, entourage étoiles en brillants.

75 — Bracelet rigide, orné de deux bandes en brillants, motifs losanges, brillants et rubis.

76 — Bracelet rigide, brillants et rubis.

77 — Deux bagues à trois corps, brillants de fantaisie sur or.

78 — Bague, brillant noir entre deux brillants blancs.

79 — Deux boutons de manchettes, perles et barrettes en brillants.

80 — Bague, rubis cabochon forme cœur, entouré de brillants.

81 — Bracelet souple, brillants et rubis.

82 — Bracelet souple, brillants et rubis cabochons.

83 — Bague jonc or mat, ornée d'un brillant.

84 — Deux bracelets gourmettes, saphirs cabochons et brillants.

85 — Bague jonc or mat, ornée d'un brillant.

86 — Deux pendants d'oreilles à système, six briolettes brillants.

87 — Bague jonc or poli, ornée d'un brillant.

88 — Trois épingles de cravate, perle, saphir et pierre de lune.

89 — Deux bracelets gourmettes, saphirs et petits brillants.

90 — Bague jonc, or mat, ornée d'un brillant.

91 — Trois bracelets rigides, roses, brillants et saphirs.

92 — ENCRIER argent doré, orné d'une perle, de brillants et de briolettes.

93 — SIX BROCHES rondes, or et roses.

94 — SEPT BRACELETS or et roses.

95 — QUATRE MONTRES variées or.

96 — HUIT BRACELETS variés or.

97 — TRENTE-SEPT BAGUES variées, or et pierres diverses.

98 — NEUF ÉPINGLES de cravates variées.

www.ingramcontent.com/pod-product-compliance
Lightning Source LLC
LaVergne TN
LVHW010332230826
846091LV00009B/3829

9782329477527